穿越夢工場

作·耿啟文 ／ 畫·KNOA CHUNG

智鬥福爾摩斯

目錄

contents

加加

幻想力豐富，愛胡思亂想，滿腦子浪漫想法的初中生。

喵喵

外表什麼都不像的怪物，卻自稱是狗，來自距離地球十萬光年以外的公主星，有時像魔鬼教練般嚴厲，有時卻像寵物般可愛。

王大大

加加的同班同學，運動型男孩。是男生們的領袖，自稱「大王」。性格有點幼稚，總是跟女生們作對，令加加煩惱不已。

福爾摩斯

鼎鼎有名的大偵探，世上沒有他破解不了的謎題，直至遇上加加。

華生

福爾摩斯的好拍檔，是一名醫生，踏實可靠。

赫德森太太

福爾摩斯的房東，慈祥和藹，好管閒事。

艾琳

一名狂熱演員，化裝術了得，是波希米亞國王的舊情人。

波希米亞國王

身份顯赫、到處留情，可是又怕被舊情人威脅。

海倫

斑點帶子案的委託人，求福爾摩斯解開姐姐密室被殺之謎。

第1章

我要當會長

「我們發現同學們在課餘時間只顧玩手機。為了鼓勵大家多參與課外活動，學校決定……」

校長在早會上向學生們講話，台下卻有兩個傢伙搖搖晃晃在打瞌睡，其他同學也為之側目。

「他們倆昨晚到底幹了什麼這樣累？」

「你不知道嗎？昨晚十一點鐘，我看見他們兩個還在遊戲裡廝殺。」

另一個同學馬上搭話：「不止，我半夜兩點上廁所的時候，開了一下手機遊戲，看見王大大在偷襲加加的城堡。」

接著又有一位同學補充：「不止，我凌晨四點被狗吠聲吵醒，打開手機發現加加正在瘋狂殲滅王大大的軍隊。」

「不止。」排最後的男同學冷冷地說：「剛才上學途中我也玩了一下，看見他們兩軍正在同歸於盡。」

「不是吧，那他們豈不是從昨天晚上一直廝殺到剛剛？」大家驚訝不已。

加加和王大大從第一堂課睡到最後一堂，下課鐘聲變成了他們的鬧鐘。

他們迷迷糊糊地揹起書包回家，途經校長室時，看見同學們大排長龍，驚訝地問：「發生什麼事？集體罰留堂嗎？」

「你們早會沒聽到校長說嗎？」其中一個同學反問。

「早會？今天有早會嗎？」加加很詫異。

那同學臉色一沉，「天天都有早會。」

「說正題吧。」王大大問：「校長到底說了什麼？」

「校長說我們課餘時間不應該只顧玩手機，為了鼓勵我們多參與課外活動，決定容許低年級學生創辦學會，今天下課後可以向他申

請。」

「真的嗎？我們初中生也可以創辦學會？」加加和王大大都精神為之一振，立刻趕到後面排隊。

可是這對歡喜冤家連排隊也各不相讓，堅持自己先到，不斷把對方擠到後面去。

同學們一個接一個進入校長室申請創辦學會，獲得批准的，高興得迫不及待當場招攬會員。

「各位親愛的同學，請加入我的新學會吧。」剛從校長室出來的同學春風滿面地說。

「你是什麼學會？」王大大問。

「環保學會。」

「不錯啊。」加加大表認同，「能推廣環

保意識，值得支持。」

這位新晉環保學會會長還幹勁十足地說：「這個周末我就開始舉辦課外活動，帶大家去農村撿牛糞，學習堆肥。」

此話一出，所有人都沉靜下來，默默地排隊，不敢吭聲。

不過，校長也不是任何學會都批准創辦的，有一位同學就垂頭喪氣地離開校長室，大聲疾呼：「不公平！為什麼我的就不批准？我的學會能促進同學們之間的感情，提升工作效率，有效運用時間……」

「這麼好的學會居然也不獲批准？」加加好奇地問：「到底是什麼學會啊？」

「抄功課學會。」

一滴汗珠從加加額角滑下，加加繼續專心排隊，不再理他。

排了差不多一小時，終於輪到排最後的加加和王大大了。他們爭先恐後地擠進校長室，幾乎同步坐在校長面前，齊聲說：「校長，我要申請創辦學會。」

校長看見他們兩個一同進來，有點詫異，「好吧，反正也是最後兩個了，就一起處理吧，

你們要創辦什麼學會？」

加加和王大大竟異口同聲說：「偵探學會！」

二人說完都愕然地望著對方，沒想到大家的想法居然一模一樣。

而校長亦非常欣賞他們的提議，連聲讚好：「批准！這真是個好主意，你們要努力辦好這個偵探學會啊。」

「是兩個。」他們一起糾正校長。

校長瞪大了眼睛，錯愕地問：「你們不是一起創辦嗎？」

「當然不是！」二人連忙劃清界線，「他還他，我還我。」

校長立刻臉有難色，「可是……學校不能

有兩個一模一樣的學會啊。」

「那就禁止他那個吧。」加加先發制人。

「為什麼是我，不是你？」王大大怒吼。

「這樣吧，你們一個當會長，一個當副會長，同心合力辦好這個偵探學會。好嗎？」校長擠起笑容勸說。

「我要當會長！」他們在某程度上是非常一致的。

「好吧，那就雙會長。」校長自命想出了一個很聰明的解決方案。

奈何也滿足不了這對水火不容的冤家，「誰跟他雙會長啊！」

校長嘆了一口氣，實在無計可施，只好把問題暫時拖延，「這樣吧，我給你們一個星期

時間慢慢協商，希望你們可以互相包容，攜手合作。」

只見加加與王大大怒目對峙，空氣中爆發出閃閃電光。

第2章
逃出密室的絕招

校長給加加和王大大一星期時間協商，卻變相引發了一場為期一周的戰爭。他們不但沒有協商，更針鋒相對，在學校裡比併推理能力，爭相破解校內大大小小的疑案。

「咦，我的橡皮擦呢？」小剛同學在自己的座位上嘀咕了一句。

加加和王大大便箭一般地飛奔到小剛面前，爭著說：「『校園橡皮擦離奇失竊案』就交給我來破解吧！」

小剛嚇了一跳，「你們說得太嚴重了吧？只是丟了一個橡皮擦而已。」

但加加已經開始查問案情細節：「你的橡皮擦是什麼牌子？什麼形狀？什麼顏色？最後一次看到它是什麼時候？」

「是贈品，沒有牌子，咖啡色，本來長方形，但已經磨損成一團，常常被人取笑像一坨屎，最後一次看到它應該是昨天最後那堂課。」小剛感覺像被逼供一樣。

「這橡皮擦不值錢，不漂亮，偷竊的人到底有什麼動機？」加加馬上深入思考。

小剛苦笑著說：「我看應該是我不小心丟失了而已，你們不用太認真。」

「事情不會這麼簡單的，我們要用推理找出真相！」王大大一派大偵探的口吻，開始分析案情：「偷橡皮擦的人應該是個粗心大意的傢伙，自己忘記帶橡皮擦，所以就偷別人的。」

加加也爭取表現自己的推理能力：「昨天最後一堂課是數學課，偷橡皮擦的人一定是數學特別差，所以來到最後一堂才逼不得已要偷橡皮擦。」

「而且他的座位應該距離小剛不遠。」王大大補充。

兩大偵探立刻以小剛的座位為中心，雙眼像雷達一樣向外掃描，「在小剛座位附近，粗心大意，而又經常計錯數的人……」

他們的視線不約而同地停在加加的座位上，加加頓時如夢初醒，慌忙跑回自己的座位，從抽屜裡拿出「一坨屎」交回小剛手上。

王大大模仿電視裡大偵探的語氣和動作，指著加加說：「真相大白了，偷竊者就是你！」

「我不是偷！」加加理直氣壯地否認。

「我記起了，昨天你問我借橡皮擦。」小剛說。

「對，我用完忘了還給你。對不起。」

「不要緊，小事一樁。」

「哈哈……」王大大十分神氣，「高下立見了吧？我運用偵探頭腦破解了校園橡皮擦離奇失竊案，請大家支持我創辦偵探學會。」

加加馬上反駁：「你沒看到是我把橡皮擦找出來物歸原主嗎？破解這奇案的人是我才對！」

就在他們爭論不休的時候，老師來了，大家都回到座位上課。但加加和王大大依然不放過任何比併推理能力的機會。

「你能推理出老師今天吃了什麼早餐嗎？」加加挑戰王大大。

「當然可以。」王大大一邊觀察一邊說：

「老師嘴角有點油光，應該是吃了比較油膩的早餐。」

加加也不示弱，伸長鼻子聞了一下說：「老師走過的時候散發著強烈的洗手液氣味，表示她剛剛上完廁所。」

「老師今天比平日遲了許多來到課室，很明顯是上廁所耽誤了時間，能耽誤這麼久，一定是肚瀉。」

說到這裡，加加和王大大腦海中都已經浮現出答案了，爭先說出來：「所以老師今天早餐是吃了街角那家衛生環境很差的炒麵！」

他們不自覺地放大了聲線，結果引來全班同學的奇異目光，而老師更是怒火中燒地瞪著二人。

一周的限期快到了，加加和王大大決定爭取全校師生簽名支持，但沒想到雙方收集到的簽名數目也是相同，因為全校每一個人都被他們抓住簽名了，雙方有著一模一樣的簽名名單，要贏的話，除非對方為自己簽名。

「大王，可以給我簽個名嗎？」加加裝作小擁躉向王大大索取簽名。

「我才不會中計呢！」王大大也遞上一張紙說：「你先給我簽，我再為你簽。」

「我也不是傻瓜！」

加加拒絕後，忽然想起了什麼，立刻興奮地跑回家，「還有一個可以簽名的！」

「有嗎？」王大大很疑惑，「連校長也幫我們簽了，這學校還有誰未給我們簽名啊？」

加加回家把喵喵帶來學校，催促道：「快幫我嗅嗅，旺財在哪裡？」

喵喵一臉不滿，「你把我當尋回犬嗎？我可是公主訓練犬呢！」

「現在公主命令你去找旺財，你去不去？」

「你以為自己已經是公主嗎，你暫時只是個見習生！」

旺財是校園裡飼養的一條土狗，加加認為旺財也是學校的一分子，決定找旺財打腳印支持自己，到時她收集到的簽名數目便險勝王大大了。

不過旺財總是神出鬼沒，沒人知道牠躲在哪裡，所以加加便帶喵喵來幫忙，可是找了大

半天也找不到，十分失落之際，突然收到一個陌生號碼的短訊：「慕容加加同學，我已有了決定，請到校長室等我。」

「難道這是校長的電話號碼？」

加加立刻趕赴校長室，但校長未到，只見一張全新的按摩椅，加加和喵喵都太累了，忍不住躺在按摩椅上休息，舒服得不知不覺地睡著了。

當加加從按摩椅上醒過來的時候，發現自己竟然身處某個課室裡。

「發生什麼事？我不是在校長室等待校長的嗎？」

加加抱著喵喵離開課室去找校長，可是怎麼扭門柄也扭不開。

「門鎖上了嗎？」加加有種不祥的預感，連忙搖醒喵喵，把目前的處境告訴牠。

「你的手機呢？快打電話求救！」喵喵說。

加加找遍全身，驚呼：「我的手機放了在校長室！」

「那只好大聲呼救吧！」

加加和喵喵都深吸一口氣，準備大聲呼救

的時候，加加忽然停住，還捂住喵喵的嘴巴，不讓牠呼喊。

「你幹什麼？」喵喵的聲音被捂得模模糊糊。

「我明白了！」加加恍然大悟，「這一定是王大大設下的密室難題，想挑戰我，如果我喊救命，就表示我沒有推理能力了！」

「那我們怎麼出去？」喵喵問。

「我要用偵探頭腦逃出密室！」加加鬥志旺盛，隨即吩咐喵喵：「你快用你的嗅覺到處聞一聞，尋找鑰匙！」

「剛剛不是說用你的偵探頭腦嗎？」

喵喵為了逃出密室，也只好照做，在其中一個書桌抽屜裡找到了鑰匙，「找到了，在這

裡！」

「哈哈，這個密室也太易破解了吧？王大大的智商就只有這個水平。」

加加滿心歡喜地拿著鑰匙去開門，怎料鑰匙插進匙孔後，依然怎麼扭也扭不開門。

「不是這根鑰匙嗎？」加加十分詫異，仔細看了看，「這鑰匙好像有點小，不像門匙。」

加加掃視課室一遍，目光落在角落裡的圖書櫃，突然靈光一閃，拿著鑰匙去試試看，果然沒錯，鑰匙把圖書櫃打開，裡面收藏著不少圖書。

「是《童話夢工場》啊！」加加把一套《童話夢工場》圖書捧到座位上，看得津津有味，格格大笑。

「你在幹什麼？」喵喵斜視著她問。

「看書。」

「這個時候還只顧看書！快想辦法逃出去吧！」喵喵對她當頭棒喝。

加加只好把《童話夢工場》放回去，然後從其他圖書尋找逃出密室的線索。

「對了！」加加靈機一動，「書名的頭一個字通常都暗藏提示！」

她立刻把所有書名的頭一個字連起來讀：「歡迎來到密室，這裡沒有出口，投降認輸吧。」

「可惡！我才不會認輸呢！」加加拿出一把間尺，嘗試把課室門撬開，可是不成功，還把間尺弄斷了。

但加加不放棄，走到電燈掣前，把燈關上，課室立刻漆黑一片。

「你幹嘛？」喵喵嚇了一跳。

「我在看有沒有機關。」加加一邊說一邊把牆上的各個電掣不停開開關關，終於把電掣弄壞了，噴出火花，嚇得加加慌忙跳開：「哇！」

現在燈也開不了，課室陷入一片漆黑之中，加加無計可施，正考慮投降呼救之際，突然想起：「還有一個逃出密室的絕招！」

「是什麼？」喵喵著急地問。

「帶我穿越。」

「對啊！我怎麼沒想到？」

喵喵立刻撲上去舔加加的臉 12 下，牠頭上那雙角隨即閃出電光，在空氣中劈開一道時空門，把他們吸進去。

第3章

經典密室殺人案

19 世紀末的英國，某大宅裡的一個房間，一名高大英俊的偵探正拿著放大鏡，細心觀察房間裡的每一個細節。

委託人海倫小姐在旁邊痴痴地看著，心裡暗叫：「福爾摩斯認真查案的樣子真帥啊！」

「海倫小姐，請問你姐姐每晚睡覺都會把門鎖上嗎？」福爾摩斯問。

「對。」海倫回答道：「因為繼父在園地裡養了一隻印度豹和狒狒，所以我們晚上回到房間都會立刻把門窗鎖好，防止牠們闖入。」

福爾摩斯來到門前，研究著那門鎖，「這門鎖只能從室內鎖上，外面無法打開。」

「對啊！」海倫附和。

一轉眼，福爾摩斯又來到窗前檢驗窗子，「這些都是鐵製的老式百葉窗，關起來非常嚴密，同樣無法從外面打開。」

「沒錯！」海倫和應。

福爾摩斯用放大鏡仔細觀察每一寸地板，認真敲打四面牆壁，忽然面露微笑。

「笑了笑了！笑得真好看！」海倫心裡興奮地叫，「他一定是看出什麼線索了，不愧是

炙手可熱的大偵探啊！」

最後福爾摩斯走到床邊，看見牆上有一個很細小的洞，便好奇地問：「這是通風孔嗎？」

「對！」

但更令福爾摩斯好奇的是床邊懸掛著一根粗粗的繩子，繩頭的流蘇剛好搭在枕頭上，「這是什麼？」

「是拉鈴繩，用來呼喚傭人的。」海倫回答。

「你姐姐要求裝上的嗎？」

「不，她凡事親力親為，不喜歡別人代勞。」

福爾摩斯禁不住好奇，握著繩子拉了幾下，卻沒有任何聲響。

「為什麼不響？」

「對啊，為什麼不響？」海倫也感到意外。

福爾摩斯成竹在胸地微笑著說：「這房間牆壁堅固，地板沒有裂縫，門窗都無法從外面打開，從種種證據顯示……」

海倫迫不及待，滿懷希望地問：「福爾摩斯大偵探，你是不是已查出進入房間殺死我姐姐的兇手是誰？她遇害的時候，喊了幾句『斑點帶子』，但我不知道是什麼意思。」

福爾摩斯自信十足地說：「我幾乎可以肯定，根本沒有人能闖入這房間殺人，所以你姐姐是被另一種方式殺死的！」

可是話音未落，就響起了一聲重物砸下的巨響，加加和喵喵從半空掉到床上，加加手裡拿著的半截間尺更剛好插在枕頭上。

加加看見自己掉在軟綿綿的床上，立即興奮歡呼：「成功了！成功逃離密室了！終於可以回到自己的床上睡覺！」

但當看到四周環境，她馬上就呆住了，「我的房間可沒這麼大啊，這是什麼地方？」

喵喵躺在床上，悠閒地說：「另一個密室。」

「什麼？你竟然把我從一個密室送到另一個密室？」加加揪起喵喵質問。

他們互相打打鬧鬧，完全沒注意到旁邊的福爾摩斯和海倫正瞠目結舌地看著他們。

福爾摩斯驚呆了許久，終於忍不住開口問：「你是怎樣進來的？」

加加這才發現旁邊有人，而且還是個大帥哥。

「我嗎？我⋯⋯」加加左顧右盼，不知該如何回答，便索性不答：「不告訴你！」

「你⋯⋯」福爾摩斯氣上心頭。

海倫驚呆地指著插在枕頭上的半截間尺，戰戰兢兢地問：「福爾摩斯先生，你剛剛不是說，沒有人能闖入這房間殺人嗎？那這個⋯⋯」

福爾摩斯很尷尬，加加的出現完全推翻了他的推論，他想破頭皮也想不通加加是怎樣進來的。

「福爾摩斯？難道你就是大偵探福爾摩斯？」加加驚喜萬分，「真是聞名不如見面，原來你真人長得這麼帥啊，我是你的擁躉，可

以給我簽名嗎？不過我忘了帶你的書來。」

「說話語無倫次，像個神經病，但我知道你是裝傻的。快說！你到底是怎樣進入這個密室？」福爾摩斯追問。

「別問了好嗎？說了你也不理解的。」加加感到很為難。

但這句話令福爾摩斯更生氣，「好大的口氣啊！暗示我水平不及你嗎？世上豈有我福爾摩斯理解不了的事！」

「世上你不能理解的事可多了。」加加指著喵喵問他：「你知道牠是什麼動物嗎？」

福爾摩斯立刻被難到，「這個……牠叫起來是狗吠聲，但頭上長著兩隻角，面形似貓，卻胖得像頭豬……」

「哈哈，不懂吧？」加加洋洋得意。

福爾摩斯老羞成怒，「既然你不肯交代清楚，那就請海倫小姐通知警察來逮捕嫌疑犯。」

「喂！等等！什麼嫌疑犯？」加加驚訝地問。

海倫便解釋說：「我姐姐兩年前在這房間斃命，一直查不出原因，找不到兇手，直至最近聽說了福爾摩斯的大名，所以我就請他來幫忙破解這懸案。」

福爾摩斯接著說：「經過我細心觀察和分析，幾可肯定兇手不可能親身闖入這密室殺人；但偏偏你可以神不知鬼不覺地進入了密室，還用武器刺進枕頭，很明顯你殺人的嫌疑最大！」

「冤枉啊！就算我有辦法進入密室，也不代表我是兇手啊！」加加呼冤自辯。

「沒錯，你只是有嫌疑而已，那就讓警察帶你回去慢慢調查清楚吧。」福爾摩斯嚇唬她，「就算你不是殺人犯，你也犯了擅闖民居和毀壞私人財物罪，這些都是證據確鑿的。海倫，通知警察吧。」

「等等！」加加的確擅闖這房子，還用斷尺刺破了人家的枕頭，真是百辭莫辯。她正不知所措的時候，突然心生一計，決定將錯就錯，抬起頭，高傲地說：「嘿，看來我要表明身分了。」

「認罪嗎？」福爾摩斯冷冷地嘲諷。

「我其實是新晉偵探慕容加加，我是來搶案子的。」

「什麼？」大家都很愕然。

「福爾摩斯斬釘截鐵說沒有人能闖入這密室殺人，對不對？」加加意氣風發地說：「但我親身用行動證明了他的推論錯誤！」

「你！」福爾摩斯氣得說不出話。

「對啊！」海倫覺得言之有理，開始懷疑

福爾摩斯的能力，轉向加加求助，「慕容偵探，你這麼聰明，求求你一定要幫我姐姐找出真兇啊！」

「沒問題。」加加爽快答應，還故意說：「不過事情並非福爾摩斯想得那麼簡單的，我需要一些時間回去好好思考。」

「好的好的，沒問題，我隨時等你的消息。」

福爾摩斯氣得七竅生煙。

第4章

貝克街221B

喧鬧的倫敦街頭，福爾摩斯踏著氣沖沖的腳步回家，背後有兩個鬼鬼祟祟的身影如影隨形地跟蹤著，他們正是加加和喵喵。

福爾摩斯察覺到異樣，忽然停下來，回頭查看，嚇得加加連忙從路邊攤拿起兩頂帽子，戴到自己和喵喵的頭上，然後與喵喵假裝成路人在攀談。

福爾摩斯轉身繼續前行，加加和喵喵卻被路邊攤的檔主拉住，「盛惠兩便士。」

加加二話不說把兩頂帽子摘下來還給檔

主，然後繼續追蹤福爾摩斯。

「不買就別亂戴我的帽！」檔主破口大罵。

加加和喵喵加快腳步，重新追上福爾摩斯，可是這位大偵探忽然又停下來。這次加加找不到帽子，匆忙之間從地上撿起了一張報紙擋住自己和喵喵的臉，假裝在閱報。

過了片刻，發現沒有動靜，加加在報紙上戳穿了兩大兩小的洞孔，給自己和喵喵看路，一邊假裝讀報，一邊跟蹤福爾摩斯。

可是福爾摩斯拐了幾個彎後，加加便跟丟了。

加加緊張地東張西望，「人呢？跑到哪兒了？」

突然一隻手搭在加加的肩上，響起福爾摩斯的聲音：「你在幹什麼？」

「哇！」加加嚇了一跳，看見是福爾摩斯，連忙揚了揚報紙說：「在讀報。」

「誰會在報紙上戳穿四個洞來讀報！還有，剛才你戴男裝帽子也算了，卻連這個四不像的怪物也戴上人類的帽子，還假裝與你聊天，你把我當傻瓜嗎？」福爾摩斯感到自己的智慧被侮辱。

加加知道掩飾不了，只好丟下報紙坦白承

認：「好吧，我是在跟蹤你。」

「傻子也看得出來！」福爾摩斯不想理她了，繼續步行回家。

但加加依然緊跟著。

「別生氣嘛，我也不是有心搶你案子的，是你指控我嫌疑最大，要報警抓我，我才逼不得已。」加加拉著福爾摩斯的衣袖說。

「你再拉我的衣袖我就真的要報警了。」

加加連忙放開手，誠懇地說：「實不相瞞，我千里迢迢來到這裡，是有一個很艱深的難題要向你請教。」

最愛解謎的福爾摩斯受不住誘惑，態度軟化，「是什麼難題？」

「我被困在一個密室裡面出不來，你可以

教我怎麼逃出那密室嗎？」

「密室？」福爾摩斯感到莫名其妙，「什麼時候？」

「就現在啊！」加加著急地說：「我現在就在密室裡面，不知道怎麼出來，你有辦法嗎？」

「你現在不是好好的嗎？！」福爾摩斯突然暴跳如雷，「竟然這樣揶揄我，不斷提密室來取笑我，實在太囂張了！」

「不不不，你誤會了，我不是嘲笑你，我目前真的被困在密室裡。哎呀，我也不知道怎麼解釋才能令你明白。」

加加愈描愈黑，福爾摩斯聽起來就像被挖苦理解能力低。福爾摩斯怒不可遏，氣呼呼地

快步回家。

「喂！等等我啊！」加加鍥而不捨地追上去。

福爾摩斯在貝克街 221B 的樓房前停下，加加突然興奮得跳起來，「哇！這裡就是福爾摩斯的寓所，貝克街 221 號 B 嗎？我竟然來到了這個景點啊，可是我沒帶手機，拍不到照！」

加加呼天搶地大感惋惜的時候，福爾摩斯已經開門進去了，加加及時從門縫鑽進去，但喵喵卻遲了半步，被關在門外。

「你進來幹什麼？」福爾摩斯惡狠狠地問。

「這樣吧，讓我做你的助手，跟著你一起探案。這樣我就可以學到你的推理技巧，然後

靠自己的頭腦逃出密室。」

「我不收助手，我已經有一位拍檔了！」福爾摩斯一口拒絕，並將加加推出門外，把門關上。

不到十秒鐘，門鈴響起來，福爾摩斯一開門，加加就敏捷地鑽進屋裡去，這次喵喵也成功竄入呢。

「都說我不收助手，你快帶你的寵物一起走！」福爾摩斯不耐煩地怒吼。

「誰說要當你助手？」加加忽然擺起架子來。

「那你進來幹什麼？」

「我是你的客人，我要委託你幫我破解一個難題。」加加大剌剌地坐在沙發上，真的把

自己當成貴賓。

福爾摩斯也擺出大偵探的姿態，在加加對面坐下來說：「想聘請我嗎？我收費很貴的。」

「有多貴？」

「六英鎊。」福爾摩斯說完高傲地笑了一下。

加加不知道六英鎊是多少，問身旁的喵喵：「六英鎊即是多少錢？」

看見加加竟然問自己的寵物，福爾摩斯真懷疑她有神經病。

喵喵「汪汪」地吠了幾聲告訴加加，最近一英鎊大概兌換十一港元。

「哈，太便宜了！」加加興奮地叫了出來。

聽到加加這麼說，福爾摩斯的自尊心大受打擊，「太便宜？你付得起嗎？」

「當然付得起！六十多元，才一本《童話夢工場》的價錢而已。」加加立刻拿錢包付錢，可是一摸褲袋，面有難色，「不過我今天也忘了帶錢包，但你放心，我……」

話未說完，加加和喵喵已經被福爾摩斯攆走，門重重地關上。

此時卻有另一個帥哥出現在加加面前，非常錯愕地看著加加。

「你好。」加加禮貌地打招呼。

「你好。」那男人驚訝地說：「怎麼會有這樣可愛的女生從福爾摩斯家裡走出來？」

聽到對方讚自己可愛，加加頓時心花怒放。

這時候，一把女人聲音喊過來：「華生，新婚快樂啊，來找福爾摩斯嗎？」

「對啊，赫德森太太。」

加加恍然大悟，原來面前這個帥哥就是福爾摩斯的好拍檔華生醫生，忙不迭伸出手跟他握手，「華生醫生，幸會。」

握過手後，華生對加加笑了笑，然後便開門進去。

加加本來也想跟著進去，可是她看見赫德森太太正捧著兩個盆栽經過，快拿不住要掉下的樣子，她便匆匆上前幫忙扶住，「小心啊。」

「謝謝你啊，小姑娘。」赫德森太太說。

「這些花好美啊，要送到哪裡去？」加加讚嘆地問。

「呵呵，我打算把這兩盆花放到 221A，把房子裝飾得好看些，比較容易租出去。」

「我幫你拿一盆吧。」加加熱心地幫助。

「好啊。對了，小姑娘叫什麼名字？」

「我叫慕容加加。」

「我是這裡的房東，大家都叫我赫德森太太。」

「我知道。你真人比我想像中年輕和漂亮啊。」

「是嗎？哈哈……」

二人邊走邊聊。

而 221B 那邊，華生看見福爾摩斯心情浮躁地來回踱步，似有煩惱。

「愛情是會令人心煩意亂的。」華生安慰他。

「你跟誰說？」

「當然是你啊，跟女朋友吵架了吧？」

「我什麼時候有女朋友了？」

「剛才門外那個不是你女朋友嗎？」華生詫異地問。

「那個自稱偵探的神經病？」福爾摩斯露出厭惡的表情，「荒謬！」

「害我空歡喜一場。」華生失望地說：「不過你也是時候找個伴侶結婚了。」

福爾摩斯仍然苦苦思考著加加是怎樣進入

密室，不斷指手劃腳作出各種猜想。而華生卻滔滔不絕地分享他新婚的樂事，催促福爾摩斯盡快談戀愛結婚。

「其實剛才那個女生挺可愛的，她自稱是偵探嗎？你是大偵探，她是女偵探，很登對啊，不妨約會一下……」

結果話音未落，華生也被福爾摩斯攆出門外了。

「別打擾我思考！我今天之內一定要想通她的戲法，你明天再來吧！」福爾摩斯關門。

可是不到半分鐘，門外傳來一陣馬車聲，華生跟馬車上的人談話。

「你好你好，找福爾摩斯嗎？不過他正在思考案情，不許任何人打擾，不如我帶你找另一位女偵探，她的推理能力絕不比福爾摩斯差。」

福爾摩斯聽了，立刻激動地衝出去：「華生！」

第5章

波希米亞國王

福爾摩斯氣沖沖地走到門外，看見一輛極其華麗的馬車停在 221A 門前，而且還留著兩個保鏢在門外把守，他推斷馬車的主人非富則貴，絕不簡單。

福爾摩斯走到221A門前，兩個保鏢立刻面目猙獰地攔住他。

福爾摩斯往屋內喊：「赫德森太太！」

巨大的聲浪觸動了保鏢的神經，把福爾摩斯當成敵人，正要出手對付之際，華生及時開門把福爾摩斯拉進去。

屋內，加加與一位貴氣十足的男人坐在沙發上談案子，而赫德森太太則以茶點熱情招待著。

「你為什麼會在這裡？」福爾摩斯指著加加問。

「這問題應該我問你，你為什麼擅闖我的偵探社？信不信我通知警察拘捕你！」加加終於找到機會復仇了。

「她的偵探社？」福爾摩斯用疑問的眼神望向赫德森太太。

「嘻嘻，她說要接案子賺錢，我便把這裡暫借給她。」

「借？」福爾摩斯不滿地瞪著赫德森太太。

「堂堂男子漢，別這麼小器嘛，我在為你製造機會。」赫德森太太動動眉頭打眼色，調皮地笑說：「大部分情侶都是從吵吵鬧鬧中開始的，大偵探跟小偵探，難得的絕配啊。」

福爾摩斯不禁臉紅起來，想反駁卻又不敢再吵，怕赫德森太太的話成真。

這時候，那個貴氣十足的男人終於忍不住發聲:「咳咳，我不是來這裡看你們耍花槍的。」

加加連忙致歉，「國王陛下，真抱歉，請你繼續說。」

「國王？」福爾摩斯有點詫異，立刻把門外馬車的特徵、兩名保鏢的膚色，還有眼前這個男人說話的口音結合起來，微笑道：「如果我沒猜錯，閣下就是波希米亞國王。」

國王驚嘆：「不愧是鼎鼎有名的大偵探福爾摩斯啊。」

加加也嘆為觀止，心裡想：「這次沒來錯地方了，我要跟福爾摩斯學推理！」

福爾摩斯突然上前跟國王握手並道賀：「恭喜！」

國王有點愕然，福爾摩斯便解釋：「據説你已跟斯堪地納維亞公主訂婚。」

「對。」國王不喜反悲，垂頭喪氣，「我正是為此事而來。」

「結婚是喜事，國王你為什麼愁眉苦臉？」加加忍不住問。

國王便把事情告訴他們。原來他的一位舊情人艾琳知道他要結婚，最近悄悄來了倫敦，並寄給他一封信，明言要公開當年交往的情書和合照，破壞他的婚事。

「這婚事對兩國都非常重要，萬一醜聞洩露，不但婚事告吹，還會影響我們兩國的關係。

所以我不得不物色偵探，幫我查出艾琳下落，奪回情書和照片。」

加加和福爾摩斯聽了後，都異口同聲說：「請放心，我一定會幫你辦妥！」

二人說完都不禁敵視著對方。

國王嘗試調解：「我不介意同時聘請你們，只要你們能好好合作為我解決此事就好。」

沒想到他們竟說：「我介意！」

國王很尷尬，不知道該怎樣處理。

加加覺得眼前這個情況似曾相識，就像她跟王大大水火不容，不肯合辦偵探學會一樣。

「又鬥氣了，他們遲早會走在一起的。」赫德森太太在一旁看好戲，暗自竊喜。

只有華生嘗試打圓場，對國王說：「哈哈

哈，小情侶鬧鬧脾氣而已，不要當真，其實他們感情相當好的，國王請放心。」

「那就好，這事我就交給你來統籌和協調，所需經費會存到你戶口。」接著國王拿出一條粉紅色絲帶，交給華生，「艾琳是一名狂熱演員，化裝術非常厲害，她緊張受驚的時候會雙手抓住別人，而這個粉紅色絲帶就是她最喜歡的飾物。關於她的資料，我就只記得這麼多了。」

國王離開後，加加絞盡腦汁還未想到什麼好方法去尋找艾琳。而福爾摩斯卻成竹在胸，在華生的耳邊悄悄說：「幫我買下全市所有大大小小劇院的門票，然後……」

加加想走近偷聽時，福爾摩斯已經說完

了，並朝著她得意地笑。

福爾摩斯的調查行動從當天傍晚開始，他拿著華生幫他買的門票趕到市內其中一座劇院欣賞歌劇。

當他坐下來的時候，竟發現加加已經坐在他旁邊的座位上，吃著粟米對他微笑。

「你怎麼會在這裡？」福爾摩斯驚訝地問。

「是華生給我門票的。」加加雀躍地說。

「這個華生！居然洩露我的計劃！」福爾摩斯怒沖沖地坐下。

「艾琳是個熱愛演戲的演員，一定會心癢癢尋找演出機會，所以我們只要走遍大大小小的劇院，就很有機會找到她了。」加加崇拜地說：「跟著你探案，果然學到了不少啊。」

福爾摩斯卻盯著加加頭上的粉紅絲帶結問：「你幹嘛戴著國王給我們的線索？」

「因為很好看啊，華生給我的。」加加滿心歡喜，把一根香氣撲鼻的粟米遞給福爾摩斯，「吃粟米嗎？也是用華生的經費買的。」

福爾摩斯別過頭去不理她。

演出開始了，華生為他們買了最佳的觀賞

位置，福爾摩斯可以清楚看到各演員的一舉一動，甚至臉容變化。

「演得太差勁了，艾琳是個狂熱演員，演技不會這麼差。」福爾摩斯細心觀察，嘗試找出跟艾琳吻合的嫌疑人。

「哇！男主角好帥啊！」加加卻完全忘記了任務，盡情享受娛樂。

「這個化裝太馬虎，應該不是化裝術了得的艾琳。」福爾摩斯逐個演員分析。

而加加則繼續投入戲劇情節之中，看得非常激動，「糟了！男主角被人陷害了！女主角還誤會他！怎麼辦？」

福爾摩斯鄙視著她。

劇情來到高潮時，幾乎全部演員都在台

上，福爾摩斯便覷準機會，從衣袋裡掏出一小顆化學晶石，掉進過道上的一灘水裡。晶石遇水立即產生化學作用，發出爆炸般的巨響，嚇得全場觀眾和演員都驚呼大叫。

福爾摩斯立刻觀察每一個演員甚至觀眾，他們有的抱頭大叫，有的瞠目結舌，有的掩耳閉目，卻沒有一個是雙手抓住別人的，除了加加。

加加驚慌地雙手抓住福爾摩斯的手臂大叫：「哇！發生什麼事？」

「這個華生沒告訴你嗎？」福爾摩斯不耐煩地問。

加加搖搖頭。

福爾摩斯便告訴她，這是他叫華生配製的

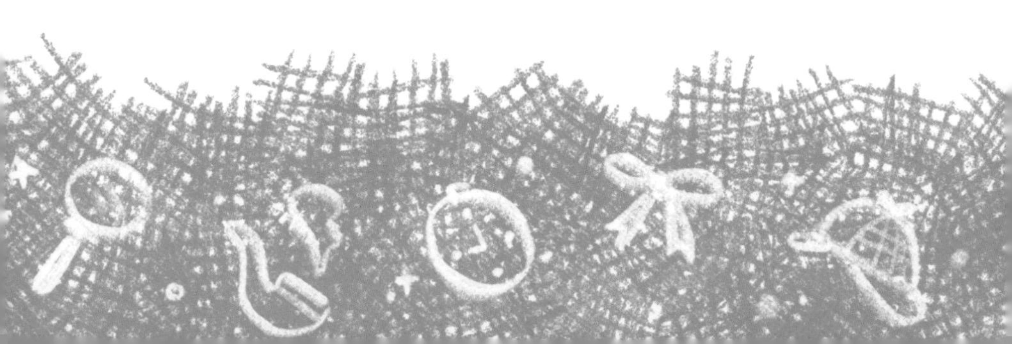

化學結晶體，遇水能產生巨響，然後便可以觀察各人受驚的反應，找出艾琳。

加加恍然大悟，福爾摩斯卻突然站起來。

「你去哪？」加加好奇地問。

「這裡已經觀察完了，艾琳不在這兒。」福爾摩斯轉身離開。

「可是演出還沒完啊，看完再走吧，我很想知道男女主角會否和好呢。」

「你自己慢慢看吧，我要趕著看另一場。」

加加從衣袋裡掏出一大堆的門票，東翻西找挑了其中一張問：「你是不是趕著看這場？等等我！」

福爾摩斯看到加加有一大堆跟他一模一樣的門票，氣得七竅生煙：「華生這傢伙！」

於是，福爾摩斯就這樣被迫和加加結伴看遍全市的歌劇，在別人眼中儼如一對熱戀中的情侶，天天形影不離。華生為了撮合他們，還故意散布二人交往的傳言，成為熱話。

一個星期後，全市的演出他們都看遍了，就只剩下最後一場。

「如果這場演出也找不到艾琳，那怎麼辦？」加加問福爾摩斯。

「那就要另想辦法找出艾琳了，國王提供的資料實在太少。」

福爾摩斯依舊看準時機，擲出晶石產生巨響，可惜仍然沒有人做出那個小動作，除了加加。即使累積了這麼多次的經驗，加加依然每次都受驚抓住福爾摩斯的手臂。

「你是故意的吧？」福爾摩斯對她側目。

離場時，下起雨來，加加狼狽走避之際，福爾摩斯打開了一把傘為她擋雨。

加加心裡甜絲絲地想：「大偵探也有風度翩翩的一面啊。」

他們撐著傘走了幾步之後，福爾摩斯看見一個穿短袖衣服的劇團工作人員，手臂上有被抓過的瘀痕，連忙把自己沒拿傘的左手遞給加加說：「快幫我捋起衣袖。」

加加感到莫名其妙，但也照做。旁人看起來卻誤會他們在卿卿我我，紛紛竊笑。

衣袖捋起後，看到福爾摩斯手臂上也有相同的抓痕，加加意外地問：「你被誰襲擊了？」

「不就是你嗎！」

福爾摩斯把傘塞到加加手上，冒著雨匆匆跑向那個工作人員追問：「你好，請問你手臂上的抓痕是誰幹的？」

「唉，真倒霉。剛才那個艾琳聽到巨響便死命抓住我的手臂，抓成這樣。」那男人慨嘆

道。

「艾琳？是演員艾琳嗎？」福爾摩斯終於看到一點苗頭了。

「對，她今天本來要客串演出的，可是因為喉嚨不舒服，被迫換人了。」

「她現在在哪裡？我是她的戲迷，想找她簽名。」福爾摩斯著急地問。

那男人指著一個方向說：「她好像往那邊走了。」

福爾摩斯看過去，發現一個頭上戴著粉紅色絲帶的女子背影。

第6章

臉紅的大偵探

過雲雨轉眼就停了，福爾摩斯和加加連忙跟蹤那個頭戴粉紅色絲帶的女子。

「你確定是她嗎？」加加問。

「她戴著跟你頭上一模一樣的粉紅色絲帶，受驚時雙手會抓住別人，而且最重要是她的名字恰巧也叫艾琳，結合各方面的證據，她有九成可能是我們要找的人。」

「好厲害啊，你是怎麼找到她的？」

他們倆剛好來到一條石級路，福爾摩斯一

邊跟蹤艾琳，一邊回答加加：「你認得這條石級路嗎？」

「當然認得。」加加說：「這個星期我們天天都經過這裡。」

「那麼你知道這裡有多少個階級嗎？」

加加立刻啞口無言。

「一共是 46 個階級。我們同樣天天經過這裡，為什麼你不知道階級數目，而我卻知道？那是因為你只是看到它而已，但我是觀察它。」福爾摩斯解釋說：「剛才我觀察到那個男人手臂上有抓痕，因而聯想起抓傷他的人有可能是艾琳，於是就循著這線索抽出了面前這個嫌疑目標。」

加加恍然大悟。

這時候，艾琳忽然停下來回頭看，福爾摩斯立刻拉住加加說：「我們假裝聊天，別露出馬腳。」

於是他們便假裝路人站在路邊聊起來。

加加對著福爾摩斯說：「巴啦巴啦巴啦巴啦……」

「你專業點好不好？她看得出你在『巴啦

巴啦巴啦』的！」福爾摩斯低聲責備。

加加不屑地說：「你還不是學我的，假裝路人聊天，這招我跟蹤你的時候已經用過了，你還取笑我！」

「那天你可是跟動物聊天！笨蛋！」福爾摩斯說。

「跟動物聊天有什麼問題？是你自己不懂而已，孤陋寡聞！」

艾琳遠遠看見他們像一對吵架中的情侶，沒有理會便繼續前行。

福爾摩斯和加加卻吵得正烈，忘記跟蹤，過了幾分鐘才發現艾琳不見了。

「糟了！快追！」二人立刻加快腳步追上去。

好不容易終於追上了，卻又因為奔跑聲太大，驚動了艾琳又回頭看看，嚇得二人匆忙從路邊撿起報紙遮掩自己，假裝閱報。

「你不也是拿報紙假裝讀報嗎？當初還取笑我！」加加低聲投訴。

「但我不會笨到戳穿兩個洞引人注目啊！」

「不弄兩個洞，怎麼知道對方走到哪兒去了！」加加伸出兩隻手指，又想在報紙上戳穿兩個洞。

福爾摩斯連忙抓住加加的手指，制止說：「你又來！對方會發現的！」

「不這樣做，怎麼跟蹤啊！」加加掙扎，堅持要戳兩個洞來偷看監視。

兩人糾纏著之際，報紙不小心掉下來，曝露出他們正在拉扯著的手。

福爾摩斯情急智生，立刻拖著加加的手，假裝成情侶瀏覽旁邊店舖的櫥窗。

「那枚戒指你喜歡嗎？」福爾摩斯堆起笑臉在演。

「好喜歡啊，謝謝你。」加加將計就計拉福爾摩斯進店舖購買。

「看清楚再進去買吧，甜心。」福爾摩斯死命站著不動，強顏歡笑著，卻笑裡藏刀。

「我看清楚了，就買最貴那個。」加加依然鬧著玩。

這時艾琳已經走了，福爾摩斯拉著加加的手追去。

走過兜兜轉轉的路後，艾琳終於走進一座樓房，未幾，二樓開了燈，窗邊映出艾琳的身影，相信這裡就是她的住所了。

「太好了！終於知道她的住址了！」福爾摩斯興奮地說。

但加加卻靦靦腆腆的樣子。

「你怎麼了？有病嗎？」福爾摩斯奇怪地問。

加加搖了搖被他拉著的手，福爾摩斯才驚覺自己仍然拖著加加的手。他匆忙放開了手，臉漲得通紅。

「我們……回去通知華生吧。」福爾摩斯竟然也變得有點害羞，還差點走錯路。

「這邊啊。」加加提醒他。

他們回到貝克街 221 號時，赫德森太太剛好在門外掃地，偷笑著問：「你們約會回來了嗎？」

「我們是查案！」福爾摩斯緊張地澄清，然後問：「華生來了嗎？」

「來了。」赫德森太太答道。

福爾摩斯迫不及待要走進屋裡告訴華生好消息，可是赫德森太太提醒他：「他不在你這邊，他在慕容偵探那邊。」

「那傢伙真是個叛徒！」福爾摩斯撇撇嘴，然後跟加加一起走進221A。

福爾摩斯一見到華生，就立刻告訴他：「我們已經找到艾琳，還知道她的住所在哪裡！」

「真的？」華生也很驚喜。

「雖然不是百分百肯定，但也有九成把握是她。我會想辦法查出情書和照片收藏在哪裡。你趕快打電報通知國王艾琳的地址，請他三

日後來到貝克街 221 號 B，保證到時會有好消息。」福爾摩斯說的時候特別強調是 221「B」。

「好的。」華生突然想起說：「對了，有人來找你們。」

這時福爾摩斯和加加才發現屋內還有一個人，當福爾摩斯看到這個人時，本來興奮雀躍的心情立刻掉到谷底，還當場暈倒了呢。

第7章

密室之謎

把福爾摩斯嚇得暈倒的人是海倫小姐。

華生馬上為福爾摩斯檢查身體，疑惑地說：「看不到他身體有什麼毛病，估計是心理方面的問題，到底發生什麼事，使他一見到海倫小姐就暈倒？」

加加便把一星期前在密室殺人案現場初遇福爾摩斯的事告訴華生。

「原來如此。」華生恍然大悟，「他是自信心受到了嚴重的打擊，每當有難題想不通，

他就會頭痛、脾氣暴躁，甚至會暈倒。不過，從來沒有一個難題能困擾他超過一個星期的。」

福爾摩斯漸漸清醒過來，嘆氣說：「我本來已經刻意忘記這件事，但一見到海倫小姐，馬上又記起了。」

「不好意思，福爾摩斯先生。我不是有心令你暈倒的，其實我是來找慕容偵探，不是找你，只是沒想到你會過來這邊。」

海倫小姐的話令福爾摩斯更傷心，垂頭喪氣。

「海倫小姐，你找我有什麼事嗎？」加加問。

「當然是那密室殺人案的事。」海倫驚慌地抱著加加說：「我好害怕啊！最近我的房間因為進水要修繕，我迫於無奈暫時搬到姐姐的房間。」

「就是當天那個房間？」加加問。

海倫點點頭，「嗯。昨天晚上睡覺的時候，我莫名其妙聽到了口哨聲。姐姐生前也跟我說過，她晚上聽到了奇怪的口哨聲，沒多久，她就遇害了，嗚……」

海倫既傷心又驚慌地抱緊加加不放，「我現在害怕得不敢回家啊。慕容偵探，你到底調查得怎麼樣？能推理出我姐姐是怎麼死的嗎？」

面對海倫的追問，加加立時尷尬起來，十分內疚，她哪有能力調查，她根本連事情的來龍去脈都搞不清楚。

「目前我跟福爾摩斯大偵探合作查案，不如問問他的意見吧。嘻嘻。」加加巧妙地把難題推到福爾摩斯身上。

但福爾摩斯仍然一臉沮喪，「我連你是怎樣進入密室也想不通，更何況查出兇手？你的出現，推翻我所有的推論，我對此案已經毫無頭緒了。」

「那怎麼辦？」海倫哭叫。

他們一個驚惶無助，一個挫敗灰心。加加不知所措，只好對福爾摩斯說：「大偵探，你就當我從來沒出現過，繼續按你的想法去調查吧。」

「怎麼可以當你沒出現過，你明明就在我們眼前出現。」福爾摩斯說。

「實不相瞞，其實我是一名魔術師，一切只是掩眼法而已，你不用管我的。」

「那麼兇手也有可能是魔術師，但我看不通這魔術的竅門，不可能找出兇手了。」福爾摩斯情緒很低落。

「你聽話好不好？」加加像哄小孩一樣哄他，「就當我沒出現過，按照你原來的推論繼續調查，先看看能否找出兇手再說吧。」

海倫看到加加在哄福爾摩斯，以為他們在談戀愛，「恭喜你們啊，你們很登對。真羨慕你們可以天天一起查案，要是我未婚夫也能跟我天天在一起就好了，可惜他剛剛去了法國辦點事，否則我也可以找他保護我。」

「等等！」福爾摩斯突然緊張地說，加加以為他要澄清他們的關係，沒想到他問海倫：「你是剛訂婚的嗎？」

「喂，你不是應該先澄清我們不是情侶嗎？」加加氣急地説。

但海倫已回答：「是的，是最近的事。」

「你姐姐遇害時是不是也準備結婚？」福爾摩斯追問。

「你怎麼知道的？」海倫感到意外。

福爾摩斯好像漸漸回復信心，繼續追問：「你提過母親把所有遺產都留給了你們繼父，對不對？」

「是的，不過有一個條件，就是當我們結婚後，繼父要從遺產裡給我們每人二百五十鎊。」

「你訂婚不久，房間就進水要修繕嗎？」

「是的，真巧。」海倫突然明白福爾摩斯的意思，驚訝萬分，「你懷疑是我繼父做的？不可能，他進不了我姐姐的房間殺人。」

「事情有點眉目了，我們嘗試引出兇手吧！」福爾摩斯終於回復自信的笑容。

福爾摩斯和加加當天就趕去海倫家，來到海倫姐姐的房間，也是海倫目前暫住的房間。福爾摩斯還沒說出自己的計劃，就聽到外面的

馬車聲。

「繼父回來了，怎麼辦？」海倫緊張地問。

「保持冷靜。」福爾摩斯教她怎麼做：「現在你先去大廳敷衍著他，然後假裝不舒服，說不吃晚飯了，直接回房休息。」

海倫照著辦，很快就回到了房間，福爾摩斯說：「兇手今晚很可能會行動，為保安全，趁天還未黑，窗外又沒人注意，你們趕快爬窗離開吧，華生已經在對面那家旅店安排了住宿。而我就留下來迎接兇手。」

「我也要留下！我來這裡就是要學習解開密室之謎的，我一定要親身體驗一下。」

加加堅持要留下來，福爾摩斯沒她辦法，只好讓海倫獨個兒爬窗逃出，去找華生會合。

海倫撤離後，福爾摩斯立刻鎖好所有門窗，把房間回復到密室的狀態。

他和加加吃過麵包充飢後，便一起等待著黑夜來臨，他們要在這密室裡度過一晚。福爾摩斯很快就躺在床上，讓加加躺地，加加大表不滿。

「你有沒有風度啊，自己睡床，讓女孩子躺地上！」

福爾摩斯用食指攔在嘴前，示意她小聲說話。

「你想躺床嗎？來來來，我讓給你。」福爾摩斯一邊下床，一邊小聲地說：「海倫的姐姐就在這床上被殺死的，你可以近距離體驗一下。」

他這麼一說，嚇得加加連床都不敢走近，「嘻嘻，跟你開玩笑而已。今天你才是主角，留給你體驗吧。」

福爾摩斯帶來了兩根藤鞭，給加加一根，然後指導她：「晚上只要聽到我一聲令下，你就拿這根藤鞭，拚命抽打床頭那條拉鈴繩，但看清楚不要打到我。」

加加感到莫名其妙，但也點點頭，按照福爾摩斯的話去做。

他們晚上不能開燈，不能睡，不能發出任何聲響，以免露出馬腳。可是加加很快就已經睡著了，還打著鼻鼾，福爾摩斯怕弄醒她會發出更大的聲響，只好下床用手捂住她的嘴。

一直到深夜三點左右，福爾摩斯發現牆上

那個通氣孔透出微弱的光，然後好像有什麼東西從洞孔鑽過來，便立刻叫醒加加，發號施令：「打！」

福爾摩斯和加加都拿起藤鞭，拚命抽打床頭那根拉鈴繩。沒多久，他們聽到一陣口哨聲，然後接著是一聲痛苦慘叫。

「可以停了。」福爾摩斯說。

一切回復平靜。福爾摩斯和加加都疲累極了，坐在床上歇息。

「到底怎麼一回事？」加加喘著氣問。

福爾摩斯便向她解釋，兇手確實是海倫的繼父。

福爾摩斯第一次來這房間調查時，已認定兇手無法親身進入密室殺人，當發現牆上的細

小通風孔後，更推斷兇器就是透過這小洞進入密室的。不過加加的出現，徹底打破了他的邏輯，令他無法推論下去。

直到知道海倫快將結婚，他漸漸又相信自己的推論了，兇手最大嫌疑人是隔壁房間的繼父，而能夠通過那細小洞孔來殺人的兇器，不是毒氣就是毒針、毒蛇了。再結合那條拉不響的拉鈴繩，死者遇害時喊「斑點帶子」，還有繼父飼養了印度豹和狒狒，福爾摩斯幾可肯定，殺人的是一條帶斑點花紋的印度毒蛇。

剛才繼父就是放毒蛇從洞孔鑽進密室，欲殺死海倫。毒蛇沿著拉鈴繩爬到床上目標的位置，幸好福爾摩斯早已識破，及時用藤鞭抽打繩子上的毒蛇，使牠不能作惡。

而口哨聲就是繼父用來指揮毒蛇回去的，被重重抽打過的毒蛇受了強烈刺激，回去後發瘋亂咬，結果把主人咬死了，這就是最後那聲慘叫的由來。

這個後世稱為「斑點帶子案」的案子終於破解了，他們馬上又要趕回去處理「波希米亞醜聞案」。

「我已經想到辦法查出那情書和照片的收藏位置。」重拾自信的福爾摩斯狀態大勇，還挑戰加加：「敢不敢跟我比賽，看誰能先奪得

那情書和照片？如果你輸了，就要告訴我，你那個進入密室的魔術是怎麼做到的。」

「好！」加加爽快接受挑戰，「如果我贏了，你就幫我解決一個逃出密室的難題。」

「一言為定。」

第8章

好戲上演

福爾摩斯在回程的火車上對華生說：「華生，我已經想到一個辦法，可以查出情書和照片的收藏位置，但需要你的幫忙。」

華生有點猶豫，看了看對面座位的加加。

「你要幫我還是幫她？」福爾摩斯質問。

「一個是我的朋友，一個是我朋友的女朋友，很為難啊。」華生苦惱著。

「那你幫他吧，因為我不是你朋友的女朋友。」加加說。

「你不需要幫忙？」華生好奇地問。

「我憑自己一個人的力量就可以拿到情書和照片了。」加加充滿自信地說。

翌日，當福爾摩斯和華生忙著籌劃行動的時候，加加卻帶著喵喵來到艾琳住所附近，喵喵好奇地問：「你想到什麼辦法幫國王拿回情書和照片嗎？」

「沒想到啊。」加加輕鬆地說。

「那你來這裡幹什麼？」

加加沒有回答，只是左看右看，選了一座比較高的樓房，然後爬樓梯到天台去，喵喵只好跟著。

加加像個狙擊手一樣趴在天台上，拿出她的秘密武器，那並不是槍，而是望遠鏡，微笑

著說：「你帶我穿越到這裡，不是讓我來學習的嗎？我現在就跟大偵探學習。」

加加說完便開始用望遠鏡觀察艾琳住所附近的情況，沒多久，她便叫起來：「大偵探來了！雖然他裝扮成老人的模樣，但我還是認得他。」

喵喵好奇地把頭擠過來，爭著用望遠鏡看，「這樣你也認得？厲害啊！」

「這個星期我可是天天跟著他一起探案的。」加加神氣地說，馬上又把望遠鏡搶回來。

加加可以看到福爾摩斯精心策劃的一場戲，他預先安排了幾個流氓在路邊吵架，當艾琳坐馬車回來時，流氓們便大打出手，拳來腳往差點打中正在下車的艾琳。

這時候，裝扮成老人的福爾摩斯邁著遲緩的腳步來營救：「小心啊！」

結果老人中拳暈倒，心裡暗罵：「付錢讓人打，還打得這麼大力。為了這案子，我犧牲真大。」

「不好了，打死人了！」流氓們一窩蜂地散去。

一名路人連忙跑過來伸出援手，「他的情況很不妙啊，先找個地方讓他躺著，然後我去叫醫生來看他吧。你家在樓上嗎？」

「是，來吧。」艾琳說。

艾琳與路人合力把老人抬到她家裡去，躺在沙發上，而這位熱心路人當然也是福爾摩斯預早安排好的。

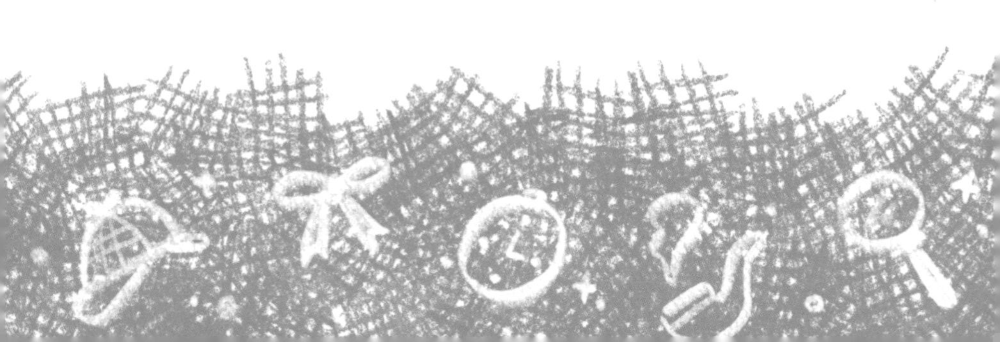

「我現在馬上去通知醫生！」路人說完匆匆離開。

加加利用望遠鏡，透過窗子依然清楚看到艾琳家裡的動靜。她看到福爾摩斯悄悄從口袋中掉出一顆結晶體，然後趁艾琳沒注意的時候，把旁邊一杯水倒在結晶體上，立刻產生化學反應，冒出濃煙，像火警一樣。

然後華生終於登場了，在街外大喊：「不好了！火警了！快逃啊！」

艾琳看見四周濃煙彌漫，手忙腳亂地準備逃生，突然好像記起了什麼，匆匆跑到大廳的油畫前，移開油畫，背後有一個暗格，她從暗格裡拿出一個小盒子，珍而重之地緊抱著，準備帶著逃生。

　　但化學反應產生的煙霧很快就消散，街外的華生也改口喊：「沒事了，沒事了，火撲熄了，燒菜燒焦了而已。」

　　虛驚一場的艾琳連忙把那小盒子放回暗格去，而假裝昏迷的福爾摩斯半睜開眼睛偷看了整個過程。

最後華生以醫生的身份走上艾琳家，「我是醫生，這裡是不是有個老伯昏迷了？」

「對，就在沙發上。」艾琳說。

華生作狀為老人檢查，正想用急救術捶打他的胸口時，福爾摩斯不想再挨打了，立刻假裝被煙嗆到醒來，「咳咳咳……」

「老伯，你沒事了？」艾琳很驚喜。

「當然沒事，我要去教訓那些臭流氓，竟敢打我！」老人氣沖沖地走出去。

「老伯，小心啊，跟我去醫院檢驗一下吧。」華生追著他。

福爾摩斯和華生就這樣離開了艾琳家。

「不愧是福爾摩斯啊！」加加看完了這場精心策劃的行動，讚不絕口，「利用火警刺激

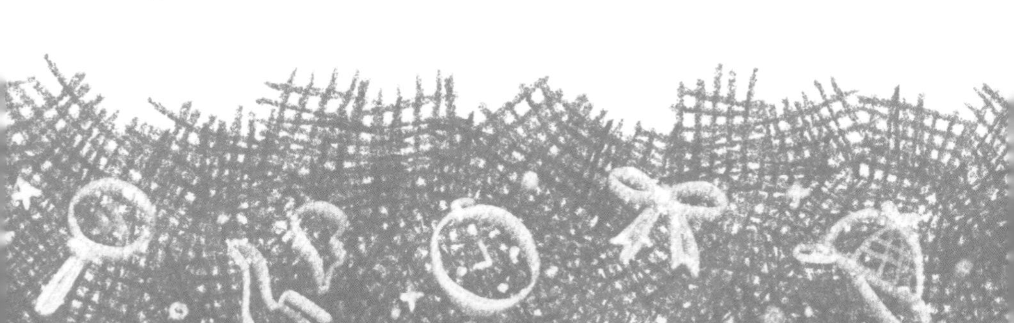

艾琳的神經，使她不得不拿取最珍貴的東西逃生，而這東西自然就是她與國王的情書和照片了。福爾摩斯巧妙地混入艾琳家看得一清二楚。只要知道東西收藏在哪裡，弄到手只是遲早的事，絕對難不倒福爾摩斯。不過，接下來就讓我登場吧。喵喵，跟我來！」

加加穿上了一套黑色的夜行衣，想潛入艾琳家。可是在街角就被另一群黑衣人叫住，「喂！你去哪裡？先聽清楚我的指示才行動。」

黑衣人首領把她當成了一分子，把武器分發給各人時說：「那女人就在二樓，國王有命，格殺勿論。」

這群黑衣人是國王派來的殺手，原來國王不止要拿回情書和照片那麼簡單，而是殺人滅

口才安心。

加加驚惶萬分，趁他們專心策劃行動時悄悄離隊，趕忙去通知艾琳逃走。

來到艾琳家門外的時候，發現門半開著，這本來就是加加預先安排喵喵做的，叫牠扮成流浪狗裝可憐，讓艾琳把牠抱進屋裡。

加加進入艾琳家後，發現艾琳正在房裡逗著喵喵玩，喵喵向加加打了個眼色，示意她盡快把東西拿到手。可是加加卻慌張地把門關上，鎖好，更驚動了艾琳。

「哇！你是誰？」艾琳驚叫。

「噓！」加加捂住她的嘴，緊張地說：「有殺手要來殺你！」

艾琳瞪大眼睛看著加加這身裝束，顯得更驚慌。

「我不是殺手！我沒時間跟你解釋了，趕快逃吧！」

可是這時殺手已經來到門外，正在敲門，「你好，我們是警衛，請開門。」

「別信他，他們是殺手。」加加慌張地說。

門外的人漸漸不耐煩，開始撞門。

「怎麼辦？」加加驚慌得全身發抖。

艾琳反過來安慰加加：「別害怕，跟我來。」

原來油畫背後的暗格旁邊還連貫著一條秘道，艾琳帶著加加和喵喵鑽進秘道去，把油畫重新掛上。

未幾，那些殺手終於成功撞門而入，可以聽到他們在外面翻天覆地、刀子亂碰的聲音，十分可怕。

「放心，這裡是安全的，沒有人知道這個秘道。」

可是加加實在放心不下，她真想告訴艾琳，其實福爾摩斯已經知道了油畫背後有暗格。

就在加加驚魂還未定的時候，秘道的另一端突然爬來一個身影，還伸出一隻手抓緊艾琳的手臂，嚇得加加想驚呼大叫，卻又捂住自己的嘴巴不敢叫出來，怕驚動外面的殺手。

這個突然出現的神秘人到底是誰？

第9章

福爾摩斯一生解不開的謎

在秘道裡突然出現的男人一手把艾琳拉了過去。加加正擔心他會傷害艾琳之際，沒想到他居然深情地吻向艾琳。

加加看得瞠目結舌，差點叫了出來。

「有別人在。」艾琳害羞地輕輕推開他。

那男人看到了加加，尷尬地微笑打招呼：「嗨，你好。」

加加看清楚他的容貌，認得他是歌劇演員，興奮地說：「你不就是那個歌劇裡的帥氣男主角嗎？你們……是情人？」

「哈哈，對。你要保守這個秘密啊。」

原來因為他是大明星，怕公開戀情會傷透少女支持者的心，所以談情也得偷偷摸摸，要利用秘道來跟艾琳幽會。

「你們小聲點。」艾琳緊張地提醒他們。

「發生什麼事？你們為什麼躲在這裡？」那男人感覺到氣氛有點不對勁。

加加連忙勸說艾琳：「既然你已經有男朋友，那麼以前的事就放手吧，不要再執著了。」

「什麼？」艾琳不明所以。

「你們彼此都找到另一半，不是很好嗎？

那就把情書和照片交出來吧，不要再威脅他了，這樣才可保命。」

「你到底說什麼？」艾琳依然聽不明白。

於是加加便把國王一方面委託偵探奪取情書照片，一方面派殺手滅口的事情告訴艾琳。

艾琳立刻呼冤：「我根本沒有威脅過他，是他編出來的！況且那些陳年情書照片我早就丟掉了。」

「什麼？」現在到加加聽不明白了。

「那個自作多情的傢伙太杞人憂天了，以為舊情人都會因為他結婚而懷狠在心，找他報復。若不是你提起，我也幾乎忘記了這個人。」艾琳不屑地說。

「那麼暗格裡的小盒子？」加加疑惑地

問。

「你以為藏著情書和照片嗎？裡面是我的積蓄。」

「既然是一場誤會，那就好辦，我去跟他們說。」

加加想走出去告訴殺手，但被艾琳拉住。

「他們只是執行任務，不會跟你講道理的。況且，就算告訴國王情書和照片都丟掉了，他會相信嗎？他一心只想殺掉我，便一勞永逸。」

「那怎麼辦？」加加不知所措。

艾琳爬到暗格旁邊，打開小盒子，把裡面幾片厚厚的金塊拿出來，「事到如今，也只能遠走高飛了。我的愛人啊，你願意陪我走嗎？」

那男人深情地回答：「當然願意。不論天涯海角，天堂還是地獄，我也陪你去。」

加加感覺自己在觀賞一部悲壯的史詩式愛情劇一樣，看得如癡如醉，目送著男女主角的身影漸漸遠去，湮沒於幽暗的秘道盡頭。

直到喵喵用爪子戳加加呆呆的臉，加加才清醒過來。

「我們不逃嗎？」喵喵問。

「對啊，我們也逃吧。」

可是加加沿秘道爬了沒多久，突然又停下來，「他們逃跑也不是辦法啊！國王一日不殺她滅口，一日也不安心，必定會全力追殺到底的。這次國王能知道艾琳來倫敦，一定是得到了出入境的情報，所以他們不論逃去哪個國家哪個城市，國王都有辦法知道。」

「他們不逃也逃了，還有什麼辦法？我們也逃出去再說吧，留在這裡很危險。」

喵喵繼續前行，但加加依然坐著不動，苦苦思索，「我一定要想個辦法圓滿解決這件

事。」

她思前想後，忽然靈機一動，「有了！」

另一邊，國王應約來到貝克街 221B，聽福爾摩斯和華生報告好消息。

「我們已經知道情書和照片擺放在哪裡了。」華生報告說。

「只要策劃一下行動，就可以無聲無聲地把東西弄到手。」福爾摩斯意氣風發，認為自己與加加的競賽已經勝算在握。

可是他一直觀察著國王，發現國王異常冷靜，並沒有預期的驚喜反應，福爾摩斯感到有點不對勁。

「謝謝你們幫我查出她的地址。」國王說。

國王把重點放在艾琳的地址，而不是情書

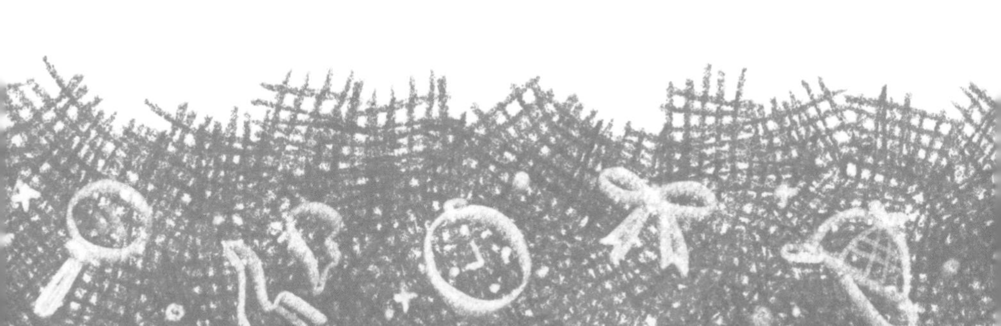

照片的收藏位置，令福爾摩斯起疑，細想了一下，便恍然大悟說：「看來我不用花心思策劃行動了，直接到艾琳家裡就可以把東西輕鬆拿到手。」

國王微微一笑，「果然是大偵探。」

但華生聽不明白，「你們在說什麼？」

福爾摩斯忽然想起了加加，緊張地說：「糟了，加加有可能潛入艾琳家裡調查，殺手會誤傷她的！」

「殺手？」華生愈聽愈迷茫。

「坐我的馬車去看看吧！」國王說。

他們一行三人趕到艾琳家，發現屋內已被搜得像廢墟一樣，殺手首領向國王報告，他們搜了半天也找不到半個人影。

福爾摩斯頓時安心下來，但國王卻變得很擔心和憤怒。

「難得找到她的下落，你們這些飯桶居然讓她逃脫！這次一定後患無窮了！」

「未必。」福爾摩斯冷靜地說：「她逃走得如此匆忙，很可能來不及帶走你想要的東西。」

「對啊！收藏在哪裡？快看看！」國王催促道。

於是福爾摩斯便移開牆上的油畫，向國王展示那個暗格。

此時加加和喵喵仍在暗格秘道內，加加正匆匆忙忙地把一個東西放進小盒子裡，及時在福爾摩斯打開暗格前把小盒子放回原處，自己

也馬上縮進角落裡躲起來，別讓福爾摩斯發現。

國王看見暗格裡有一個小盒子，大喜過望，「她果然來不及帶走，太好了，快拿來，我要把裡面的東西燒掉！」

福爾摩斯把盒子交給國王，國王打開一看，驚訝地說：「這是給你的。」

原來小盒子裡沒有照片，只有一封信，而且還是給福爾摩斯寫的信。

福爾摩斯也很驚訝，連忙閱讀信的內容。

「福爾摩斯大偵探，當你看到這封信的時候，我已經回到一個你永遠沒辦法來找我的地方。你們找到所謂的艾琳，其實只是我安排的演員而已。我才是真正的艾琳。」

福爾摩斯看到這裡大感意外，繼續讀下去。

「我早就料到國王對我的存在惴惴不安，結婚前必定會聘請最好的偵探來調查我的下落，殺我滅口，便一勞永逸。所以我不得不先發制人，在斑點帶子案中以不可能的姿態闖進密室，引起你的注意。然後跟你回到貝克街，在你隔壁租了房子，以便日夜監視你的調查進度，甚至和你一起探案，引導你去錯誤的艾琳

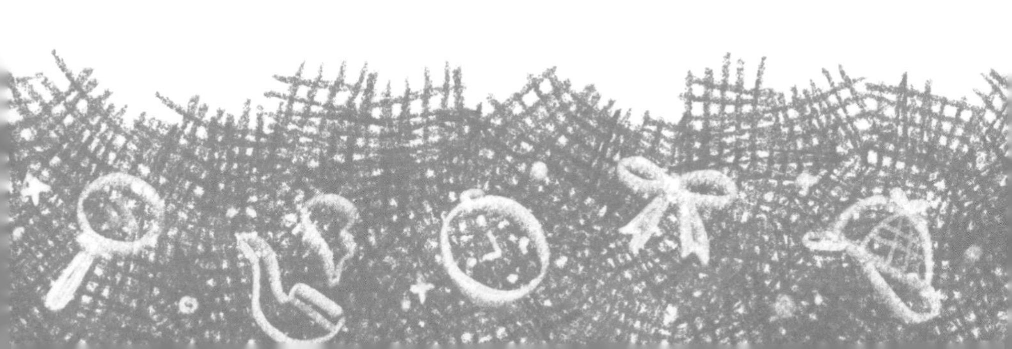

身上。現在遊戲是時候要結束了，我要跟未婚夫到很遠很遠的地方生活。至於那情書和照片我是絕對不會交出來的，但請國王放心，我也不會把它們公開，因為我已經找到很好的另一半，只想幸福安定地生活下去，而情書和照片只是我的護身符，如果國王再下毒手，我必定把情書和照片公諸於世。最後我想說，跟大偵探一起看歌劇和查案的時光，真是令我畢生難忘。慕容加加上。」

秘道內，喵喵忍不住揶揄加加：「馬後炮，把自己寫得像神機妙算一樣。」

加加得意地笑了笑，「哈，我只是想圓滿解決這件事。」

外面的國王和福爾摩斯讀過信後都驚嘆不

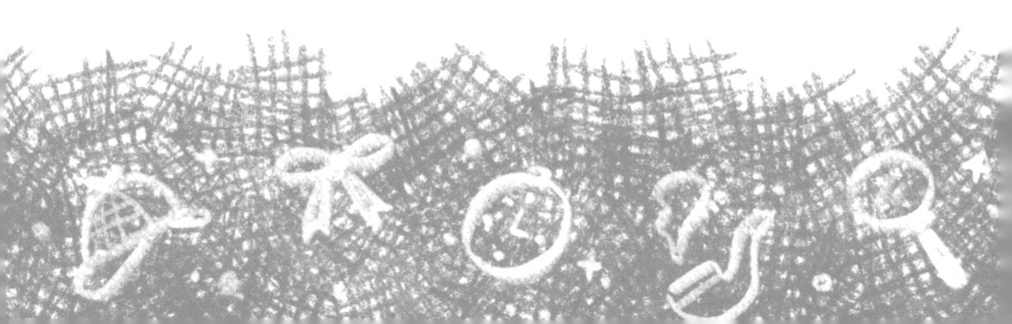

已，國王與艾琳多年沒見，加上她的化裝技巧高超，實在認不出加加原來就是艾琳。

福爾摩斯回想起與加加一起看歌劇的情況，怪不得加加那麼喜歡那個粉紅色絲帶，而且每次受驚時都雙手抓住他的手臂，原來她就是艾琳。福爾摩斯沒想到世上會有如此聰明的人，居然連他也一直被蒙在鼓裡，深陷於對方的計謀之中，而加加那個進入密室的「魔術」亦成為了福爾摩斯一生解不開的謎。

這時加加和喵喵仍然在秘道內，一動也不動，不敢逃走，因為些微動靜也怕被大偵探發現，只好呆著不動，等福爾摩斯他們離開。

福爾摩斯拿著信感慨萬千，忍不住吐出一句讚美的話：「聰明的女子最有魅力。」

這時候，福爾摩斯留意到信上的墨跡是剛寫不久的，突然想起什麼，連忙跑到暗格前，探頭進去看看，裡面果然有一條秘道。不過，加加和喵喵已經不見蹤影了。

原來剛才福爾摩斯那一句「**聰明的女子最有魅力**」正是這次的回家密碼，加加和喵喵及時在福爾摩斯發現秘道的前一刻，穿過時空門回去了。

第10章 誰是會長

加加和喵喵終於回到自己的時空，加加跌坐在一個座位上，抬頭一看，欲哭無淚，「怎麼又回到這個課室？不可以選擇回到家裡或者課室外嗎？」

「哪裡跌倒，就從哪裡站起來！」喵喵激勵她，「你把從福爾摩斯身上學到的才能發揮出來，用偵探頭腦破解這個密室難題吧！」

加加立刻想起福爾摩斯對她說過的一句話：「我們同樣天天經過這裡，為什麼你不知

道階級數目，而我卻知道？那是因為你只是看到它而已，但我是觀察它。」

「嗯，我明白了！」

加加振作起來，細心觀察課室裡的每一個細節，幻想自己如果是福爾摩斯，會如何破解這個密室難題。

「看到了！」她興奮地叫了出來，因為她終於發現了端倪，地板上有一個個黑色圓點，看上去應該是椅子腳長期壓著地板的痕跡，可是這些痕跡出現在最前排的書桌前面，也是剛好排成一排。

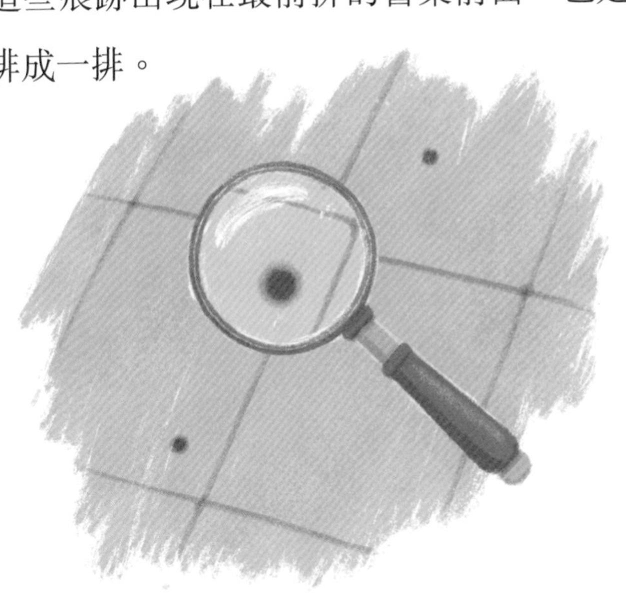

「奇怪，印痕表示這裡曾經長久放著椅子，可是再前面已經沒有書桌了，又怎會在這裡放椅子呢？」

加加連忙檢查其他書桌和椅子，發現只有最後一排椅子沒有印痕，表示這排椅子原本不是放最後，而是放在最前面的。可是這樣排列也不對，最前一排的椅子沒有書桌，最後一排的書桌沒有椅子。

加加動腦筋思考，終於得到了一個推論：「所有座位的方向都被人前後倒轉了！」

她在課室裡一邊觀察一邊說：「不單是座位，而是整個課室的擺設，都是前後對倒了。現在黑板的位置原本是壁佈板。圖書櫃應該在這邊，不是那邊。這道課室門是假的，是故意

安裝在牆壁上騙人，怪不得我怎麼扭也扭不開。而真正的大門應該在……圖書櫃後面！」

加加馬上走向圖書櫃，把櫃裡的書全部拿出來，減輕重量，然後用力把櫃子挪開，果然發現櫃子背後才是課室的門。而且門並沒有鎖上，她輕輕一扭，便把門推開了。

「終於逃出密室了！」加加興奮得跳起。

「慕容加加同學，恭喜你逃出密室，通過了我的考驗。」校長突然在她面前出現。

「校長？什麼考驗？」加加驚訝地問。

校長便告訴她，原來這是校長精心設計的難題，藉此考驗加加和王大大誰比較有偵探頭腦，更適合當偵探學會會長。

「那王大大也被困在另一個密室裡嗎？」加加問。

「對。他在另一個一模一樣的密室。」

「糟了，他這個人沒耐性，被困這麼久，不知會做出了什麼事！」加加緊張地說。

於是校長便帶著加加趕去王大大的密室看看，校長打開課室的門，把圖書櫃推開，加加看到密室裡的王大大，立即大喝：「住手！門在這裡！」

原來王大大正在大發脾氣，舉起書桌準備

砸破玻璃窗逃出去。他看到加加和校長後，慢慢放下書桌，尷尬得無地自容。

加加和王大大回到校長室，齊聲埋怨：「校長，你也玩得太大了吧！」

「哈哈，誰叫你們自己不好好協調，要我出手作決定。所以我就想到這個辦法來考驗你們。」

校長宣布偵探學會正式成立，由加加當會長，王大大當副會長。王大大破解不了密室難題，也不得不服輸了，只好接受。

原來校長也是個推理小說狂迷，所以才會做出如此瘋狂的考檢。他大讚加加有偵探頭腦，推薦她多看福爾摩斯小說：「特別是那篇《波希米亞醜聞》，裡面有一位女子連福爾摩斯也

被她騙到了，令福爾摩斯畢生難忘，還稱讚對方既聰明又有魅力呢。」

加加聽了，不禁會心微笑，心裡樂滋滋的。校長和王大大都莫名奇妙地看著她。

下回預告

《遇見鐘樓駝俠》

加加在愚人節被作弄而鬱鬱寡歡，喵喵帶她穿越到 15 世紀的巴黎聖母院遊玩散心，卻捲入了當地人與吉卜賽人的鬥爭漩渦中，遇上善良的鐘樓駝俠加西莫多，令加加學懂了一個道理……

經已出版

最受小學生喜愛的本地作/畫組合

耿啟文 聯乘 Knoa Chung

繼 穿越夢工場 後，又一全新力作！

歡迎加入冒險旅團

一起前往魔幻奧茲國

追尋★愛★勇氣★智慧★成長蛻變！

桃樂絲與友伴們的全新奇幻旅程

浩浩蕩蕩出發囉！

2022年夏季出版　敬請密切留意

奇幻的綠野仙蹤之旅

誠邀你一起加入！

超神準！解答成長疑問的心理測驗 上 自我個性與人際關係篇
監修・貓十字　主編・盛杰　繪畫・熒光
童話夢工場
超神準！
解答成長疑問的
心理測驗
上
自我個性與人際關係篇
40條簡單好玩又有趣的直覺選擇題
揭露
認識自己
交朋結友
升學選科
生涯規劃
未來志向
的內心秘密啊！

童話夢工場 系列叢書

2022 最好玩新作！

超神準！

解答成長疑問的 心理測驗

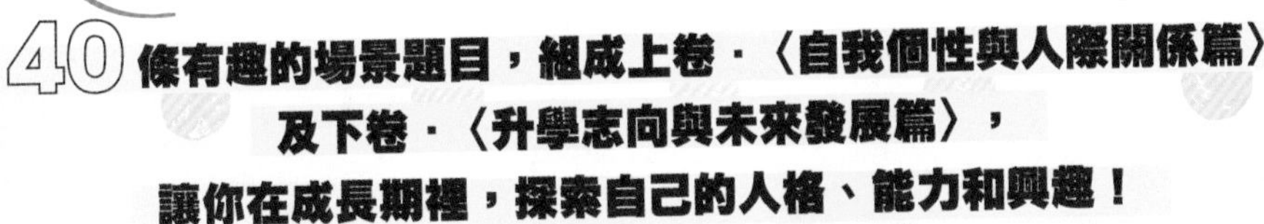

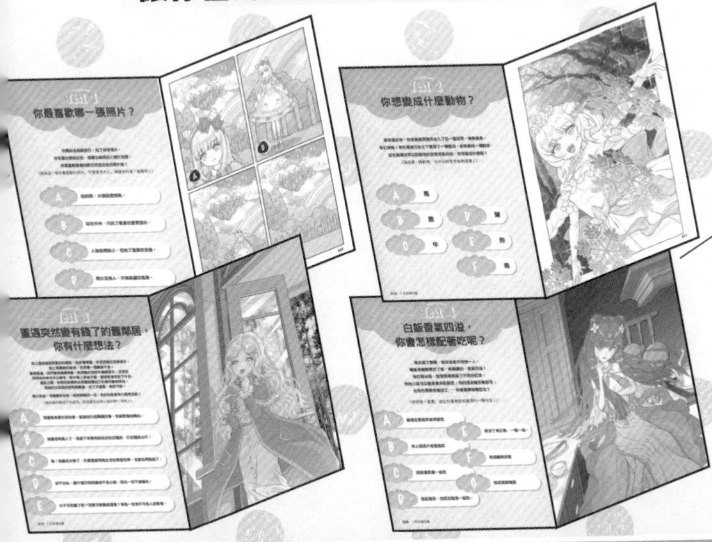

P.S.
全彩配圖如畫冊精美，
賞心悅目啊！

全 2 冊
暫定 2022 年 7 月
書展出版
♥
一起心思思

超人氣畫家 余遠鍠 X 鬼才作家 陳四月

攜手開創「吸血新新新世紀」!!!

我的吸血鬼同學

vol.1-13+ 番外篇　經已出版

vol.13

齊天大聖現真身

人界的陰謀密佈，操控不死殭屍大軍的虎鹿羊大仙跟僱傭忍者兵在謀劃破壞和平。
公會獵人丹妮絲與徒弟艾爾文和艾翠絲聯同的吸血鬼王子阿諾特追查此事，
卻因為線索少之又少而墮入重重迷霧之中。

花果山山頭上，來自帝都的軍隊來襲，紅孩兒、鐵扇公主以及黑牛帝實力強橫，
以雷霆萬鈞之勢入侵猴妖們的領土！大戰一觸即發，迦南與一眾學生出手抗敵，
可是即使加上老師唐三藏，還是節節敗退！齊天大聖孫悟空能及時出現擊退來犯者嗎？

安德魯與雙兒、雙雙身處的女兒國表面和平逸樂，不同種族的女性妖魔和睦共存，
但其實女帝鳳禧野心勃勃，企圖一統天下。她跟人界的惡勢力連成一線，蠢蠢欲動……

文——陳四月 圖——多利

《輪迴交易現場》暢銷魔幻小說作家

陳四月 2022最新力作

「寫這甜蜜故事害我血糖嚴重超標，
應該是我目前為止所寫甜度Lv最高的文了……」

×

《STEM少年偵探團》人氣畫家

多利 碰撞青春日系火花

「以少女的細膩筆觸，
繪畫出如此跌宕生姿的浪漫愛情是我夢寐以求的事。
好想被抱在摩卡懷裡喔……」

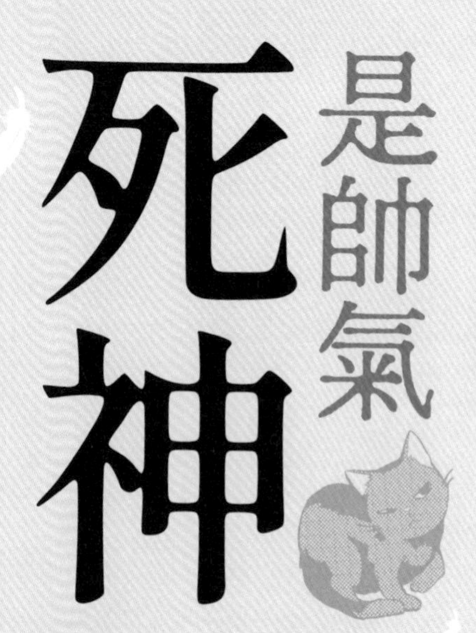

**帥氣的黑貓死神摩卡，
為了拯救他生前的主人舒雅，
一而再違反工作守則。
即使要與高高在上的死亡之神為敵，
他也決意要逆轉注定的厄運！**

最義無反顧的愛 跨越物種與生死

**最暢銷童書出版社創造館
全新青少年作品花漾系列
獻給兒童以上成人未滿的你
鮮活青蔥的閱讀新一章**

創造館 CREATION CABIN

港幣$78

大疫過後，總有一天會放晴的！
為著重新出發，我們要更柔韌堅定！

The Roundies
幸福小團圓

貓十字老師精心繪畫
極具收藏價值

經已出版 只售 $88

全書中英對照　附送祈福御守

讓《幸福小團圓》這一班
可愛善良的小夥伴給你
一些陪伴和心靈療癒

穿越夢工場

3

作者	耿啟文
繪畫	KNOA CHUNG
策劃	YUYI
設計	siuhung
出版	創造館 CREATION CABIN LTD. 荃灣美環街 1-6 號時貿中心 6 樓 4 室
電話	3158 0918
發行	泛華發行代理有限公司 香港新界將軍澳工業邨駿昌街七號二樓
印刷	高科技印刷集團有限公司
出版日期	第一版　2018 年 11 月 第三版　2022 年 7 月
ISBN	978-988-79842-8-3
定價	$68
聯絡	creationcabinhk@gmail.com

本故事之所有內容及人物純屬虛構，
如有雷同，實屬巧合。

版權所有　翻印必究
Printed in Hong Kong

本書之全部文字及圖片均屬 CREATION CABIN LTD. 所有，
受國際及地區版權法保障，未經出版人書面同意，以任何形式複製
或轉載本書全部或部分內容，均屬違法。